文春文庫

運命はこうして変えなさい

賢女の極意120

林　真理子

文藝春秋

運命はこうして変えなさい

賢女の極意120

目次

運命はこうして変えなさい

賢女の極意120

まえがき

林 真理子

　私はもう三十年以上、もの書きをやっているが、現代ほど風あたりが強いときはない。

　何か言えばネットですぐ叩かれる。こちらが何かあえてインパクトの強いことを書いた時には、反響はあらかじめ予想出来る。こういうものは心して読むけれども、中にはどう考えても、いいがかりとしかとれないものがいくつもあり、私はつくづく、

「署名原稿を書いていること自体気にくわないんだ」

と思わずにはいられない。

　今はネットで誰もが好きなことを発言出来る。しかも匿名で。時には例の、

「日本死ね」のように、社会を変えるものもあるかもしれない。が、たいていはすぐに消えさる。その時々でちょっとは騒がれたとしても、匿名であることの弱さはそこにある。つまり、結局は発言者は全く責任を負わないことをみんな知っているからだ。

私たち署名原稿を書く者の誇りは、全責任はすべて自分が負わなければならないということだ。失言したこともあるし、個人的に謝罪に出向いたこともある。

何よりも連載を続ける、ということはシビアなものだ。何人の執筆者が週刊文春から退場していったことであろう。編集者はなれ合いの仲よしごっこをしているわけではなく、こと細かくアンケート調査をしたり、世間の評判を聞いている。

つまり何を言いたいかというと、私が週刊文春のエッセイを三十四年間やってきたのはそれなりの根拠があるということだ。今回まとめてもらったものを読むとかなり面白い。

「いいこと言ってるじゃん」

「そうだ、そうだ」

と自分の文章に感心したりもした。

これもすべて署名原稿を書き続けてきた結果というものだ。反発されるのをわかって再び言うが、私たちはプロである。皆がネットでたれ流しているようなことを書いてもお金はもらえない。毎回、新しい発見、新しい視点を探さなければ、エッセイ連載を続けることは出来ないのだ。小説を書いている方がラクチンと思うことも何度もある。

そうして私たちは鍛えられ、意地悪くなり、好奇心が強くなり、ふつうの人よりもいろんなことが見えるようになったと思う。この本を読むと自分でもそれがわかる。

第1章

女について

001

女友だちはやっぱり美人を選ぶべきである。

美人ばかりのグループに入ると、何かよくないことを企んでいるのではないか、実はかなり屈折した性格なのだろうかと、あらぬ腹を探られることが多いので注意しなくてはならないが、やはり友人の中に美人は必要である。いちばん避けたいのが、三枚目のモテない女たちで徒党を組むというケースだ。端《はた》からは、

「面白くて、すっごくいい人たち」

と評価は悪くないが、本人たちにちっともいいことは起こらない。やはり美しさを自覚し、女らしさは何たるものか追求している人たちに混じり、切磋琢磨《せっさたくま》していくことが、その後の幸福を左右していくのではないだろうか。

002

女というのは、十五歳の時をどう生きたかで、その後の人生がすべて決まってしまう。

その時に可愛くて人気者でモテたとしたら、女王様気質は出来上がってしまう。仮に悲惨な思春期をおくったら、その後どんな美人に変身しようとも、やはりいじけた性格になってしまう。

この呪縛から逃れるただひとつの方法は、

「私は可愛かった。
私は美人だった。
私はモテモテだった」
と自分にも人にも言いきかせる。

するとあら不思議、本当にそうだったと思えてくるようになるそうだ。現在の地点から過去を立て直す。すると今の自分もぐっとよくなってくるという。

003

口説かれた話を、得意気に言う女ほどみっともないものはない。

よほどの美人ならいざしらず、ふつうレベルの女が、迷惑そうに眉《まゆ》を寄せ、

「ねえ、知ってたァ、あの男って前から私のこと狙ってたのよ」

という時、聞いている方はたいていい笑いを嚙み殺しているものだ。

004

「一生女だもん」だと。げんなりしてしまった。

私、いいトシになっても、ずうっと女でいたい、という思想にはどうしてもついていけない。

一生女のはずはない。当然期限というものはありますよ。私は良識はないけど、多少の美意識はありますから。

005

女というのは、綺麗な女に対してどうしてこれほど厳しいんだろうか。

ある程度までだと「素敵な人」と憧れの対象になるのに、その上になるとやたら猜疑心がわく。それなのにハンサムとかいい男に関してはあまり疑問を持たないのは不思議だ。うんといい男を見て、

「整形してるんじゃないだろうか」

と考える女はまずいないだろう。男はそういうことをしないものだと決めてかかっているのだ。いい男はひたすら賞《め》で、心から楽しむ。これが同性だとこうはいかない。

006

アホは
一生アホのままで
いいのよ。

おばさんになってくると、若い女のいろんな点が気に障ってくる。憎まれてもピシッと言ってやるのも、先輩のやさしさってものだ。私たちの時も、いろんなことを叱られてだんだん大人になっていったんだから。

しかし、アホには親切にしないという意地の悪さも、おばさんの特徴である。

007

つまるところ、女は集団が嫌いなのだ。

結局、女というのはひとり抜けがけするのが大好きなのである。集団からはみ出し、魅力的な個として存在する。時々は集団の悪口を言い、

「私ってこんな風だから、どうもうまく交われないの」

と同情を買う。男性にはあまりこの習性がない。

008

芸能人＞水商売の女＞マスコミの女＞フリーター＞キャリアウーマン＞金持ちの女＞普通の主婦＞何もしない女

私はこんな図式をつくってみた。若々しく見える女たちの順序である。主婦もお金があるのとないのとではぐんと差が出る。

しかしこの図式にあてはまらない女たちの一群がいる。いわゆる「嫁《い》きそびれてしまった女」というやつだ。おっとりとしていて、気がついたら三十過ぎていたというタイプである。

009

女の男性観というのは、
①父親像
②少女時代に接したテレビや本のヒーロー
③初恋の男
④大人になってからの成果

というものが組み合わさっているはずだ。

この④というのが実はとても大きいということに最近気づいた。

つまり、私がなぜ青年実業家やギョーカイ男に魅かれないかというと、彼らがまるっきり近づいてこなかったということによる。

人間の心理というのは、無駄玉を打たないようになっている。どうせあの人たちは私のお得意先ではないと思った時から、関心や興味は消えてしまう。

010

ある程度の老いまでくればもう怖いものはない。

安らぎが待っているはずだ。

私の友人のお母さんとなると、若くて六十代、ほとんどは七十代である。肌の手入れもおこたりなく、綺麗な方も何人かいるが、まあお婆さんであることには変わりない。私はそれを見ると何とはなしに安心するのである。皆、還っていくところは結局同じなのではないか。母親に似てきたというのは、ゆっくり歩き始めなさいという何かの指示かもしれぬ。

011

女性が思ったことを何でも口に出来る、という立場になるには、①年齢、②地位、③お金、④地位の高い夫のいずれかを手に入れなくてはならない。

年をとった女性がすごいことを口にしても、みな笑って許してくれるものだ。瀬戸内寂聴先生などは、①、②、③とあるうえに宗教的ありがたみをお持ちだから、怖いものなんか何もない。

012

女というのは、「ズバズバものを言う」女というのが本当に好きらしい。

サッチーのような、何の特技も、知性のカケラもないような
おばさんに、結構ファンが多かったのはそのせいであろうか。
同じようなことが田中真紀子サンにも言える。

013

三十代後半から四十代というのは面白い年代で、足元と少し遠くをいっぺんに見なくてはならない。

つまりフル回転で仕事をし、同時に中年から老後へ向かう計画も立てる。働き盛りであると同時に、一生つき合える趣味や娯楽を探す年代でもある。

だからこそ目のまわるような忙しさになるのだが、たっぷりと豊かないい日々が続く。

014

クリスマスと誕生日、この二つに寄せる女心というのは、男性には理解しがたいものであろう。

アメリカで大ベストセラーになった男性攻略本『ザ・ルールズ』によると、

「あなたの誕生日に、ロマンティックなことを何もしてくれない男性とは即別れなさい」

とある。

さて四月一日は私の誕生日であった。私は例によって甘い夢をみる……。

015

女の年齢と電話の長さは反比例している。

十六、七歳でピークを迎え、後は下降していく。なぜならば、「ねぇ、彼って私のことどう思っているのかしら……。いじいじ……」といった内容が消え去っていくからである。年増になれば、女は自分のしていることにちゃんと判断がつく。それ以上に相手の男の心だってちゃんとわかっていく。

016

「魔性の女」の特性は、たくさんのプレゼントをもらっても、平然としていられること。

これも男性の心を惑わす女の大切な条件であろう。

間違えても私のように、いただきものは全部有難がって使用し、肌がかぶれることはないはずだ。たとえプレゼントでも、気にくわないものはあっさりとクズ箱に捨てる。このくらいの美意識と余裕がなければ、どうしてモテる女になれよう。

017

黙っていても男の人を寄せつけるのが魔性、こちらからアクションを起こすのがインラン。

つくづく思うのであるが、現代というのは本当に魔性の女が棲息しづらい。若き日のカトリーヌ・ドヌーブのような女優さんがいないような気がするのだ。だからみんなパロディになってしまう。

魔性の女はいないかもしれないが、インランの女ならいっぱいいる。

018

完璧に釣り合いのとれた名前は、嫁《ゆ》かない女の証《あかし》であろう。

ほぐれる前の女の心とからだに似ている。

友人が結婚するたびに私はいつも妙な気分になったものだ。親が一生懸命考えてつけてくれた名前が分解され、上に違ったものがつく。それはひどくバランスが悪い。

ハイミスになってくると、名前は堅固さを帯びるようになってくるようだ。もう、ちっとやそっとの苗字じゃ結婚しないわよと、女の名前は言う。まるで男を寄せつけない老嬢のように、次第にかたくなになっていく。そしてさらに強くなる。

019

世の中の女性は、
①料理好きの掃除嫌いか
②掃除好きの料理嫌いか
にはっきり二分出来る。

昔はナンセンスだと思っていた分類の仕方であるが、この頃これほどはっきりした真実はないような気がする。私のまわりを見わたしてみても、すべてどちらかにあてはまるから面白い。

ごくまれに、

「私は掃除も好きだけど、料理も大好き」

という人がいるが、この場合どちらもいまイチということが多い。どうやら掃除の整理能力と、料理のクリエイティブ能力とは相容れないものらしい。

020

〝オバさん〟というのは
単なる呼称ではなく、
ある日突然
襲ってくる状態である。

必死に努力して、この状態から逃れようとする人も多いが、ちょっと気をゆるめると、たちまちこの〝オバさん菌〟にやられてしまう。

これはどんな美人でもやられる時はやられる。

昔アイドルだった人たちが、久しぶりにブラウン管に出たりすると、「ヒエーッ」とのけぞることが多い。歳月というのは、こんなにも残酷だったのね、という思いである。

021

女が宗教に走ると
エラが張り、
男が政治に走ると
下歯が見える。

顔は人間の第一印象だ。

森田健作さんも顔が変わったひとりだ。下唇を曲げてひきつらせるようにし、下の歯を見せながら喋る癖は、政治家の方にとても多い。

022

女というのは、
しつけ糸をつけたままの
着物のことは、
しこりとなって
いつも胸のどこかに残っている。

プラトニック・ラブで
何もないまま別れた
男の人のようなものだろうか。

023

女というのはどうして整形をしている同性のことを悪く言うのであろうか。

それは不倫やアメリカ留学と似ている。

心の底のどこかでは、自分も同じようなことをしたいと願っている。けれどもそんな勇気はない。だから向こう側に飛び越えていって、得をした女たちをズルイと思う。なにか罰があたるべきだと考える。

024

昔の同級生と会うのは、女にとってあたかも鏡を見るようなところがある。

自分の顔は見慣れているから、小ジワや肌の衰えもそうは気にならない。なにより身びいきというところがある。ところが、突然つき出される変化した友の顔は、内心ギョッとする時が多いのだ。

不安は、さらに時間がたつにつれ、恐怖のようなものに変わる。同級生に会うのがこわくなってきたのだ。

「あんなカワイコちゃんだったコが、おばさんになっていたらどうしよう」

025

恋人がいない間、女は空想の中で忙しい。

今度男ができたらああしよう、こうしようといろんなことを考えている。すでにスケジュールができあがっているわけだ。その中で最近いちばん比重が大きいのは、「恋人ができたら、人前でいちゃつきたい。見せびらかしたい」ということではないだろうか。みんなこの闘志を秘めて頑張るから、街中はべたべたカップルでいっぱいになる。戦利品を愛撫する男と女が目立つのだ。

026

女って極端に上と下はダメなのね。

真ん中のほどほどの女が、いちばん男の人たちが近づきやすいレベルで、幸せになりやすい。

松坂慶子さんはあれほどの大女優でありながら、偉ぶったところは全くなく、いつも素顔でいらしたが、それも大層美しかった。聞くところによると、

「今まで何人もの人とおつき合いしたけれど、プロポーズしてくれたのは彼が初めてだから」

とおっしゃったとか。似たようなことを、ずっと以前、浅丘ルリ子さんもおっしゃっていた。これって寓話というものだ。二人の美女のコメントから、普通の女たちは右の事実を知る。

027

男性観というものは、いったいいつ、どのようにしてつくられるのだろうか。それはやはり父親の影響が大きいに違いない。

金持ち実業家にへばりつく女の子たちにも、理解できるところは一点あって、おそらく彼女たちの父親というのは、普通の善良なサラリーマンだったろう。その平凡さを愚鈍さのようにみていた彼女たちは、一匹狼で商売を始めた男たちに魅かれたところがあったはずだ。

つまり、現代のバブル野郎と、その泡にまたまとわりつく水の粒子みたいな女たちは、高度成長時の勤労世代が生んだものなのである。

028

気の強い女

というのはもろいところがあって、自分よりもさらに気の強い女に会うと逆らえなくなってしまう。

第2章

恋愛と結婚について

029

十代の時に
どういう恋をしたか
ということで、
その後の人生が決まる。

昔モテなかったり、手ひどいふられ方をした女は、大人になってもやはりいじけた恋をする。男との態度にはっきりと現れる。子どもの頃から皆にちやほやされていた女の子って、大人になってからもはっきりとわかる。ああいうものは一朝一夕で身につくもんじゃない。

030

男というのは精神的SMで成り立っているのである。

男が払ってくれて当然だと思っている女。ご馳走さまも言わない女。あまつさえプレゼントを要求する女。

が、こうした女性の方がモテるのは、確かだ。なにしろ男の子たちがこういう女性が好きだとはっきりと口にし始めたのである。

031

現代は優しい女にとって受難の時なのである。

今までは認めることをよしとしなかったのであるが、現代の若い男たちははっきりと自分の中のM気質を肯定している。なめられる男になることを望んでいるのだ。しかし彼らも時にはS気質になり、いたぶる相手を探す時がある。尽くすタイプの若い女の子は、彼らのエジキになっていくのだ。

032

雪の日はやはり好きな人と二人きりですごしたい。

よく「夜目、遠目、笠のうち」というが、雪の中でも女はとても美しく見える。厚化粧していないときにかぎるが、肌はさえざえと白く、頬がかすかに上気しているのも悪くない。

好きな男のコートの腕にそっと寄り添い黙って歩きたいと思う。

雪の降る日、たいていの女はすごく可愛く見える。童心にかえって、雪だるまをつくってみたり、雪の小さな玉を男に投げたりもする。男はそんな女の無邪気な様子を見て、目を細めたりするのだ。

033

恋の手練《てだ》れ者というのは、地味なのに派手な胸の女の子を選ぶ。

私がこの頃気になるのは、電車の中で見かける地味な女の子の派手な胸である。華やかな生活をしているOLではない。とにかく垢ぬけない女の子なのであるが、そのブラウスの胸のボタンがはち切れそうになっている。あるいはジャケットの下のニットが、大きく盛り上がっている。

無防備でややだらしないそうした胸を見ていると、原宿の女の子たちよりもはるかに強いエロスを感じるのだ。本人たちが意識していない分だけ、そのじっとりと汗ばんでいるだろう胸は、淫靡《いんび》な感じがする。

034

女というのは、お姫さまになる一瞬のために、生命を懸けるものだ。

たとえ馬鹿馬鹿しいと言われようとも、美しいものを着て、スポットライトを浴びる時のために、稼がなくてはいけないのだ。

だから私は、最近流行っているジミ婚というのが大嫌いである。芸能人の真似をしていったい何になるというのであろうか。

ああいう人たちは、キレイなものをしょっちゅう着られるし、恒常的にスポットライトにあたっていられる。しかし普通の人たちが結婚披露宴をはずしたら、もうライトなんかあたらないよ。女性はお姫さまになるチャンスを永久に失くしてしまうよ。

035

私の女友だちが何人も
ゴルフによって幸運を摑んだ。

どうしてそんなにうまくいったのと私が尋ねたところ、一人が解説してくれた。
①青空の下、スポーツをするというのは、やはり心が寄り添う。
②行き帰りの車が長いので、じっくり話す時間がある。
③うまくなってくると、泊まりがけのゴルフツアーに行く。
この夜に何かが起こる（！）。
ということらしい。

036

仕事場と家との往復しかしない女にとっては、交通機関だけが唯一未知の男性と知り合う手段であり、ロマンスが育つ可能性のある場所なのだ。

これほど夢破れながらも、「今度こそきっと……」と思うところが旅行の不思議さだ。

日常生活を、たとえ三十分でも、たとえ一キロでも離れれば、いいことが起こるのではないかと思うこの心根のいじらしさ。こんなことをいうとまた大げさなといわれるかもしれないが、女というのはこういう時、全神経をとぎすまして隣りに座る男を待ちこがれる。

037

子どもの頃から知っている男と結ばれるほどの、ナルシシズムの完結はない。

『赤毛のアン』があれほど女の子に受け入れられるのは、ギルバートという幼なじみの男と結ばれるからである。幼なじみと結ばれるというのは、あるがままの自分を受け入れてくれ、それを愛してもらえるということだ。

自分は変わらなくてもいい、都会に出て背伸びをしなくてもいい。自然のままの自分を、とことん肯定してくれる男がいるという幸せ。

038

甘えずに生きてきた女が花嫁になる時は、本当に美しいのよッ。

中年になって結婚した、ある芸能人の披露宴の中継を見て――。

金パクの打掛けも、豪華なウエディングドレスも、みんな花嫁が自分の力で手に入れたものである。人生の荒波を乗り越えて、初めて手に入れた幸せ。中年になり自分の人生をきちんと築いてきた女が、自分のために挙げる披露宴ははるかに私たちの心をうつのである。

039

離婚した男が、そろそろ市場に出まわってきた。

本当に離婚した女性っていうのは、どうしてあれほどモテるのであろうか。人の心の痛みもわかり、人間がかなり練れてくるせいだろうか。

私自身も離婚した男性というのが決して嫌いではない。少なくとも、他人の旦那を奪ったりする気概も、エネルギーもない私たちにとって、離婚した男というのはとても魅力的な存在だ。

040

白人とキスするのがそんなにエライか。

公衆の面前でこういうことをするのがそんなに嬉しいか——。

やたら若い人たちが人前でキスをする。ちょっとイヤだなーと思うのは、どちらかが外国人（白人）の場合ですね。白人の男とキスをした後、女の子の方は、必ずといっていいぐらい、

「どうだ」

という風にあたりを見わたす。このあたりの感覚、戦後すぐからあまり進歩していないのではなかろうか。もっと得意気なのは、白人の女とキスをする男である。このあいだは眼鏡をかけた学生っぽい男の子が、まああのレベルのブルネット女性とキスを交わしていたが、その表情を見せたかった。歓喜というやつに輝いていたのである。

私は国粋主義者というわけではないが、こういうのを見るといささかがっかりしてしまう。

041

若くてやみくもに一緒にいたかっただけ、
の時の結婚相手を、
すべてが落ち着いた中年期に
見直すというのは、確かに一理ある。

宮本美智子さんの含蓄のある発言。こんなに人間が長生きするようになったのだから、二十代の時の相手と生涯を共にするのは不自然だというのだ。

私はなんだかやたらと頷《うなず》いてしまった。「人生五十年の時代」だったら、一人のパートナーでもよかろう。しかし今は八十年以上生きる時なのだ。

私の場合はですね、普通の人が再婚する年齢にやっと結婚出来たので、もう一回、というカードは既に逸してしまったような気がする。

042

結婚する男の人に、
いろんなことを
求めてはいけない。
三つのことがかなえられたら
それで充分なのだ。

まず健康であること。
自分の仕事が大好きであること。
そして
箸遣いがきちんと出来ること。

043

結婚というのは、昼と夜がある。

昼の魅力と夜の魅力を兼ね備えた男性は、そういるとは思えないので、女はどちらかを選ぶことになる。これは大きな問題ではないだろうか。乱暴な言い方をすれば、女の人生これで決まることになる。

044

おばさんがモテた
からっていったい何なんだ。

モテるといっても、権力とお金を持った女が、ビンボーな男か、業界の男と適当につき合っているだけではないか。

テレビや雑誌を見ていると、有名人といわれる女の人たちが出てきて、しきりに恋をしましょうよ、と言ってる。中年になってもキレイでいることは大切だし、いろんなことに興味を持つことは重要だ。けれども、「女はいくつになっても恋をすることが大切なの」などという言葉を聞くと、ちょっとオと、つっ込みを入れたくなってくる。

045

誰と結婚してもいいけれど、すごい家柄とかお金持ちはダメ。

身のほど知らずは不幸になるといういましめである。

私はお金持ちが大好きだし、好奇心もあるのだが、なぜかそういうところに嫁ぎたいとは思わない。それは少女の頃から、こう母に固く言いわたされているからであろう。

046

結婚を機に外国で暮らす、ということが女にとってどれほどの魅力に満ちているものか、おそらく男の人にはわかるまい。

会社を辞めて、ＯＬ留学などというと、やはり多少の悲壮感はまぬがれない。しかし「夫の都合で――」という必然性は、外国生活をいかにも豊かに満たしてくれそうだ。

生活の心配はない。優雅な奥さまとして美術館で絵を見たり、お芝居やオペラに通う。そして日本での生活から離れ、〝新規蒔《ま》き直し〟というやつが出来る。

恥ずかしながらこの私も、そういう生活を本気で考えたことがあった。日本でしがらみが大きい女ほど、そういう生活に憧れるのだ。

047

普通女たちは結婚する時がスタートラインだ。ゴールはわずか五メートル先である。

子どもを産み、マイホームでも建ったらめっけもの。女はそこで満足し、同時にあきらめなくてはいけないことになっている。もちろんたまには不倫する楽しみを知っている女もいるが、ほとんどはせっかくのゴールでのテープを破らない程度にとどめておく。

中には勇ましい女性がいて、別の男と別のスタートラインに立とうというのも出てくるが、中年の女の場合、新しい男は亭主よりも落ちるというのは常識だ。若いと思えばお金がなかったり、やさしいと思えばやたら頼りない。

048

所詮《しょせん》カスとの恋は、カスな思い出しか残らない。

第3章

男について

049

本当の男の醍醐味というのは、平凡な外見の、スーツを着た男たちによって味わえる。

見るからに男っぽくセクシーで、うんとハンサムという男など、実はつまらないものだ。

私はマーガレット・ミッチェルの日本語版伝記のお手伝いをしたのであるが、本当に色っぽくていい男というのは、レット・バトラーではなく、端正なアシュレーであったという結論を出さざるを得ない。

いかにも女を抱きそうな男じゃなくて、そんなことをしそうもない男と、そういうことをするところに、女としての本当の楽しさがあるんじゃないかしらん。

050

ひとつ、男は過剰なものが嫌いだ。ふたつ、男は説教する女がもっと嫌い。

中庸をもって貴《とうと》しとするこの国の男性たちは、ダイナミックなもの、うんとバタくさいものを受けつけない。舌たらずの日本語と英語を喋るバイリンギャルなどは大好きであるが、何カ国語も喋る女には身構えてしまう。

そこへいくと女の人は、際だったもの、メリハリのきいたものが大好きだ。杉良サンとか宝塚の世界に目がない。受け入れる体力と余裕があるからだろう。

051

地味な男の人ほど派手な女が好きだ。

地味な人はすべての嗜好がひかえめかというとそうでもない。特に異性の好みがそうだ。

面白いことに、地味な女は派手な男が好きかといえばそうでもなく、派手な女が地味な男を好きというわけでもない。「地味の派手好み」という定義は、もっぱら男から女に対して成立するようなのだ。

052

女はミエっぱりだが男だってすごい。特に学歴に関しては、男の人の方がはるかにシビアになるようだ。

有名人のプロフィールにはよく、

「大学受験に失敗し」

という一行がある。「高卒」ではなくて「大学受験に失敗」。これはもう立派な経歴のようだ。これはまだわかるとして、私がどうも解せないのは、「早大受験に失敗し」「上智をめざしていたが、途中で方向を変え」などとわざわざ大学名を書いている人。

053

男の人はエラくなればなるほど、心の片隅にマゾっ気が芽生えていく。

他の人にえばったり、まわりからちやほやされればされるほど、自分をいじめてくれる人が必要なのである。

が、このマゾっ気というのは実に微妙なもので、うんとうまく操ってくれなくては困るのだ。全く関係ない他人からびしびし言われたら、えらいオジさんは激怒するばかりである。Sをしてもいいのは、「好意を持つ女性」という大前提がつく。クラブのママだとか、オジン殺しと呼ばれる友人たちを観察していると、この加減が実に素晴らしい。オジさんたちをからかい、時にはちょっぴり持ち上げ、じわじわといじめていくテクニックは、おそらく私には到底手に入れることが出来ないものであろう。

が、こうしたオジさんたちは、自分の奥さんに対してはほとんどといっていいほどサドになる。えらい人の奥さんは苦労していることが多い。男の人は外でのストレスを、家の中でぶっつけようとするからだ。

054

男はよりもずっとロマンチストである。

自分だけにわかる女の美点というのも好きだし、庇護者としての喜びもある。悪い女にハマって堕ちていく自分……というのにも快感がある。が、女というのはもっと現実的で生活がかかっている。男女同権などといっても、経済力を持つ男をつかまえるかつかまえないかで、かなりの差が出てくるのが正直なところだ。

055

私はね、昔っからポリシーがあるのよ。一本筋が通ってるのよ。

いい男には
徹底的に親切にする
ってね。
なんか文句ある。

056

どうして男たちというのは、
あれほど露骨に女を差別
するのであろうか。
可愛いコ、
そうでないコと二分し、
仕事にまで影響させる。

ちょっと美人のコだと、性格が悪くても構わない。利用されているとわかっていても怒らない。それどころか自分の権力の切れっ端を嬉々として分けてやる。

本当に男ってイヤッと舌うちしたものであるが、いざ自分がいい年になり、わずかながらも力を手にするようになると、男と同じようなことをし始めているのだ。

私だけではない。まわりを見わたしてみると、実にこのテの女が多いのである。みんな昔、男にされて嫌だったことを、そっくり男にお返ししている。いや、男よりもかなり大胆に差別を進めているのだ。

057

美女には鞭《むち》を——。
こう断言した
男友だちがいる。

申しわけないが、彼はハンサムというわけでも、お金持ちというわけでもない。しかしそれなのに、すごい美女を次から次へと手中に収めるのだ。

「ああいうのは、いちばん簡単なのさ」

彼は豪語する。

「みんなからチヤホヤされてる美人っていうのは、オレみたいなのにいちばん弱いんだ。

『うるせえ、オレについて来い』って言うと、あのテの女はたいていシュンとなるぜ」

この話の後で、意見を述べるのは、非常に気がひけるのであるが、実は私も、エバる男というのがそう嫌いではない。やたらやさしくしてくれたり、甘い言葉をかけてくれると、私のようなタイプは完全につけあがる。本心は嬉しくてたまらないくせに、そういうことに慣れていないので、照れくささからぷりぷりする。たえず怒ってばかりいる。

058

エリートほどマゾだからね。意地悪なことしたり、わがままましたりするほど喜ぶのよ。

顔色をうかがってたり、機嫌をとったりするようなコばっかりだから、すっごく新鮮なわけ。

059

なんだか嬉しいワ。
昔好きだった男の人が、
今もちゃんと
素敵でいてくれるのは。

もうこんな思いにひたるのも、私たちの世代が最後かもしれない、と考えることがある。初めて夢中になったスターというのに、私たちは今も仁義と純情を捧げているところがある。

060

なぜか男の人というのは、「私、熱しやすく冷めやすいタチなの」という女性がとても好きだ。

少なくとも、粘着質の性格なのといわれるよりもずっと喜ぶ。

「よしオレが、いつまでも冷めないようにしてやるぜ」

と負けん気を起こすのか、

「その方が、後くされがなくていい」

と勝手なことを考えるのかしらないが、「私、熱しやすく……」というセリフが始まると、たいていの人がニコニコするではないか。

061

日本の男性というのは、博愛主義者というのがあまりいない。

美人か、そうじゃないか、若いか、年増かということで、露骨に差別をする。

職場の女の子から、道ですれ違う女に至るまで、あらゆる女たちはそういう傲慢《ごうまん》な視線にさらされている。

男たちは男であるということだけで、そういう権利を有すると思っている。それは態度にも現れているよ。

女が男を選ぶといわれる現代だが、やはり日本の女たちは、男のそういう目によって選ばれたり、差別されたりするのだ。

062

松茸は松茸ということだけで
人を屈伏させられるが、
男はエリートということだけでは
人を魅きつけることができない。

そりゃそうだ。男性は松茸と違って口もきくし、お酒も飲む。いろいろアラも見えてしまうものね。

話が飛躍するようであるが、私はシメジが大好物である。おみおつけに入れてもいいし、炒《いた》めてもおいしい。これは私の男性観に微妙に影響しているのではないだろうか。

肩書きがすごい人や、財産を持っている男性はもちろん大好きだし興味もあるが、実際におつき合いするとしたら、私はやはり中身があってついでに見栄えのいい人がよいなあ。エリートとかお金持ちというのは、その存在を楽しむだけにあるという感じがする。

063

ブ男ほど、
人の悪口を言う時に
すぐに容姿をあげつらう。
無教養の人ほど、
人の学歴にこだわる。

第4章

生きること について

つまんない日常、仕事も頑張ってきたわりには成果が上がらなかった女性は、常にリセットを熱望している。退屈な人生の、ある日突然スイッチが切り替わる、ということはないだろうか。

064

たったひとつある、それは外国人と結婚することなのだ。

夫の本国で暮らすのは楽しそうだし、日本に長くいる男なら、「在日エリート外国人」としての社交の世界も持っている。こっちもいい感じ。

それに自分の子どもがハーフで生まれてくるのも素敵だろうなぁ。ハーフは例外なく（たまに例外もあるが）美しい。濃い外国人顔が薄まって、とてつもない美男、美女になる。これぞリセットの極みではないか。

自分の子どもが類希《たぐいまれ》な美形のうえにバイリンガルとなるのだ。美貌でバイリンガルなら、どんな人生もおくれそうだ。世界を舞台に、すっごいドラマティックな生き方を選びそうな気がする。

065

私にいちばん活力をもたらしてくれるのは、ショッピングなのである。

いや、私だけではなく、多くの女性がそうだろう。あれこれ見て、選んで、試着し、そのうえにカードを切る時の緊張感と罪悪感……。私にとってあれぐらい元気になるものはない。

066

仕事も順調、私生活もいい感じ、どうやら運がいい時期に自分は入ってきたなあと思った時に、

人間は勝負を賭けなければいけない。

067

信頼する占いの人がとてもいいことを言った。

「ハヤシさん、いいことっていうのは、いい時にしか起こらないんですよ。悪いことが起こっている時に、いいことはありません」

あたり前といえばあたり前のことであるが、私ははっと胸を衝かれた。

「勝負を賭ける」というと下品な言い方になるが、ついていると私の思った時に頑張って頑張って、そこで大きな実績を残す。そこで

人間はもう一ランク
成長出来る。

068

義理と人情のしがらみを手でよけながら前に進む。そしてときどきは負けたふり、もする。

私という人間は複雑な人間関係が決して嫌いではない。ときどきは義理と人情にからめとられてみる。イヤだ、イヤだと言いながら、こうしたプロセスは、なぜかいつも私に不思議な活力を与えてくれるのだ。

069

りりしく一人で耐えるのが、大人の女の心意気というものさ。

腹の立つことや哀しいことは山のようにあるが、すべては自分が選び、納得ずくで駒を進めたこと。

女も三十を過ぎると、しづらくなることのひとつに、男の愚痴を言うというのがある。若い頃は「男にダマされた」だの、「こんなはずじゃなかったのにィ」と泣いていれば、結構世間も同情してくれたのだが最近はそうもいかない。りりしく耐えてこそ、大人の女の心意気というものだ。

070

人間はある時から、
磁石のような力を持つことが
あるのではないだろうか。
欲しいもの、
知りたいことが、

自然とそこに
吸い寄せられていく。
長い人生、
そんなひとときが
起こることはきっと
あり得るはずだ。

071

人間というのは、
シリアスな噂話を聞くと、
その喋った人間を
なんてイヤな奴だろうと思う。

しかし、あまりにも重すぎる秘密は、この私とて次の人にリレーするのをためらう。喋って自己嫌悪に陥るのはご免こうむりたいし、それよりも人から軽蔑されるのは目に見えているではないか。

軽い噂だったら感謝されるが、重いものは、いとわしい感情を持たれてしまう。これは私が何年か、複雑な人間社会の中で生きてきて知り得たことだ。

072

小さな努力を
ひとつひとつ重ねていくことが、
大きな成果を生むことを
知っている人は、
いろんなことを苦にしない。

英語の単語をひとつひとつ暗記する。日本史の年代をゴロ合わせにし、空で言えるようにする。毎日、あるいは週にいっぺんレッスンを重ねていくことを、こういう人はさらりとやってのけるのである。

子どもの頃から勉強が大嫌いで、一発の運に賭けていた私は、こうした訓練がほとんど出来ていないようなのだ。それ以前に子どもの頃は、成績がいいなんて、どれほどのもんだ、と思っていた。

たいていの人がそう考えるだろうが、私だってちょっとやりさえすれば、勉強などたちまちトップになるだろうと信じ込んでいた。しかし、この〝やる〟ということが重要なのだ。〝やる〟ことが才能であり、すべてなのだということが、この年になってやっとわかってきた。

073

不景気というのは、
人からお金がなくなる、
ということだけでなく、
お金を持っている人が
使うのを憚《はばか》る
空気が生ずることである。

不景気に関係ない業種の人たちも、まわりに遠慮がちになり、あたりをうかがうようになる。

私ももうトシだし、出版業界は不況だし……と悪いことばかりいろいろ考えるのが不景気というやつなんだね。

074

心のバブルがはじけたのは、実にいいことだ。

シンガポールの「ラッフルズ・ホテル」のバイキングで、ケーキを山盛りにして一皿食べ、もう一度おかわりしている四人連れを見たが、ひと口も残さずぺろりと食べたのは見事であった。若くて元気で、本来の日本の女の子という感じがする。

思い出が買物だけの海外旅行なんて本当はつまらないことに皆が気づいた。ケーキを十個いちどきにたいらげたことの方がずっと記憶に残る。

075

友人を選ぶ感覚も味覚と同じだ。

よく辛いものは駄目だが、酸っぱいものは強い、という人がいるが、人とつきあうのもそれと似ている。

私は、「ケチ」、「気が強い」、「エバる」に対してはとても強い。反対に「ぶりっ子」、「裏表がある」というのはどうにも耐えられない体質のようだ。そもそも完全無欠の人間などありはしない。みんな短所と長所が組み合わさって生きているのであるが、どの短所に耐えられるか、どの長所をよしとするかのバランスで友人という組み合わせが決まる。

076

他人の痛みなど、所詮自分がやられてみなくてはわからない。

最近の女は、すべてにわたり自分がされて嫌だったことを、そっくり男に向かってしている。男のレベル分けをして反撃しているのだ。

男たちがもしそれを不愉快に思うならば、それは長年にわたって女たちが感じてきた不愉快さなのだ。

077

人間と動物に対する愛情というのは、バランスがとれていなくてはならない。

人間より動物の方がずっと大切だという人は、自分は不幸だと公言しているようなものだ。

私はどうにかしてそのコースをたどることは避けたい。それにはまず、自分のいちばん身近な動物、ペットたちとクールにつき合うことから始めるべきであろう。

078

自分の幸福が平凡
だと知るのは、
あまり気分のいいもの
ではないが、

時として不幸の場合も
同じような感情になる
ことがある。

079

やらないより、
やった方がずっとマシ。
ゼロから始めて、
0.01だけしか
得られなかったとしても、
ゼロよりもずっとマシだ。

私もとことんやれるところまでやってみようと本気で思う。

なぜならば、とことんやらなければ飽きることもやめることもない。習いごとというのは、その幾つもの屍《しかばね》を乗り越えることなのだ。

080

それにしても、
特別の肉体と
運動神経を持ち、
さらに人間離れした
努力を重ねる
人々の素敵さ、美しさ。

オリンピックというのは、
弛緩しきった己の
肉体と精神を反省する
ためにあるようだ。

081

学歴や偏差値にこだわる人間を嗤《わら》う人間というのは、実は自分が学歴や偏差値にこだわっているのである。

抜けがけしたり、うまく誤魔化している人たちが口惜しくて仕方ないのだ。本当のエリートというのは、こういうところが実に大らかである。他人の学歴のことなどまるで気にならない。

082

「自己投資」という言葉には、実に傲慢な響きがありはしないだろうか。

なにしろ自分を、投資に価する人間だと信じきっているのだから、たいした自信である。

私のような凡人は、自己投資などと生意気なことを言わず、あくせくみっともないことをする方が似合っているような気がする。

083

人間は顔じゃなくて心だ
などというのは
もちろん嘘っぱちだが、
その顔の好みに
いろいろあるから、

人間は恋をできるし、楽しく生きていけるのである。

084

タレ流しになるかもしれないし、
早いうちにボケるかもしれない。
が、そんなことを今から心配して
どうなるんだ。

年をとっても美しく、多くの人たちに慕われ、趣味の世界を持ち、身じまいもよく、ある日気づいたらベッドの中でぽっくりと逝っていたなどというのは、理想の姿であるがこんなふうにうまくいくはずはない。私自身はこれから少しは貯金をし、人に迷惑をかけないようにしたいと思うが、世の中には仕方ないことだっていっぱいある。老いることだってそのひとつだ。

085

東京はどんどん変わっているし、
人はどんどん死んでいく。
できる限り、いろんなものを見ないと、
とり返しがつかない
ことになるような気がする。

よく昔の人が、志ん生がよかったとか、アンナ・パブロワが素晴らしかったというが、私たちの時代は何だろうか。真っ先に名をあげるとしたら、やはり美空ひばりさんだろう。それにこの物騒な世の中である。いつ車にはねとばされて死ぬかわからないではないか（私が）。目を閉じる直前、この世へのなごりを込めて生涯を思い出す時、やはりひばりさんの歌を聞いているのと、いないのとでは、すごい差があるような気がする。

086

怒りとか恥の記憶は、どうして前触れもなく、突如として人を襲うのだろうか。

それにひきかえ、楽しい記憶の方は、ちょっとした努力がいるものだ。

087

ヒトは有名人も好きだが、有名人の配偶者となるとさらに興奮する。

有名人と会うチャンスは、東京に住んでいると意外にあるものである。電車や食べ物屋で見かけることも多いし、最近は公開録画や講演会というのも多い。

ミーハーに徹し、本当にそうしようと思えば、実物を見るのは簡単だ。しかし配偶者となるとそうもいかない。めったにマスコミに出ることもないから、有名人本人より、有難みが増すような気がする。

088

野心を持つ
ということは本当に
苦しくつらい長い戦いだ。

第5章

家庭について

089

愛情というのは、目から入る快感によって支えられているのである。

「うちの夫みたいな超ワガママ男に我慢出来るのも、アレがまあまあのハンサムだからだわ。夜にケンカして、カアーッとなっていても、朝、彼がぴしっとネクタイを締めたりしているのを見ると、まあ、もうちょっと耐えようかと思うもの。あの人がハゲやデブだったら、とっくに別れてると思う」

それを聞くと皆は、

「もの凄いのろけねー」

と呆れるのであるが、これはあたり前の話じゃないだろうか。

090

夫というのは妻に
つまらない顔をして
待っていてもらいたい
ものなのだ。

あまり楽しいことを経験せず、世の中と接触もせず、ちょっと退屈して夫の帰りを待っている妻。だから夫が帰ってくるのが待ち遠しくてたまらない。夫の会社での話を熱心に聞いたりする。

「いいなあ、あなたは外でおいしいものを食べたり、面白いことしたりして」

などとふくれ面をする、これが実は理想の妻の姿なのだ。

私はそんなふりをしてもいいかなあと考える。

091

母親が私に授けてくれたものの中で、
いちばん有難いと思っていることは、
私が何者でもない
ということを教えてくれたことである。

父親がだらしなく、ほとんど家にいつかなかった。女の子ならこう育てよう、ああいう風に躾《しつ》けようとも思っていたけれども、お金も暇もなく、こんな風になってしまった。こんな風、というのは、私の勉強嫌い、すべてにおける怠惰さのことである。

母はこう続けた。自分は何も出来ない、本当にひどい人間だということを知りなさい。マリちゃんはとてもみっともない家に育ったのよ。こういう家が家庭だと思ったら、マリちゃんは将来とても恥をかく。だから自分で努力して、こういう家庭をつくりたいと思ったら、いろいろ勉強しなさい。

092

いったいいつ頃から、人は一切合切を学校に要求するようになったのであろうか

と私は唖然とする。

箸の持ち方、トイレの使い方から始まって、ついに人殺しをしないようにしましょう、ということまで学校でやってもらうつもりなのか。学校は教育をするところで、躾はうちでやるものではないのか。

093

現代の「友だちのような親子」というのは、本当に薄気味悪い。

友だちというのは、忠告してくれることはあっても、命を賭けて相手を矯《た》めようなどとは思わない。厳しさもなく、楽しさだけを共有する関係から、ああした甘ったれた顔つきの子どもたちが大量生産されている。

094

世の中のためになる人間になってほしい。強く正しい人になってほしい。

この素朴な思いを、いったいいつ頃から私たちは口にしなくなったのだろうか。

学校ではいつのまにか、子どもたちが心の殺し合いをしている。自分の子どもだけは、そういうバトルに加わって欲しくないという気持ちは、いつのまにか「何々さえしなければ」という、消極的な願望に変わってきた。クスリさえしなければ、売春さえしなければ、自殺さえしなければ、というマイナスの期待からは何も生まれないだろう。

強く正しく子どもを育てる。それは親が強く正しく生きることに他ならない。

095

「夫」という枷《かせ》
を持ちつつ味わうから、
恋愛というのは
一層美味で、
女たちは憧れるのである。

第6章

仕事について

096

プロは、はっきりとわかる特徴を持っているのである。それはシンプルであることだ。

ちょっと気概を持って働いたことのある女ならわかることであるが、私たちは生きていくスタイルを仕事によって得る。仕事は驚くほど大きなことを私たちに与えてくれる。男と女の差、情報の取り方、強者の傲慢さ、弱者のみじめさ、といったものも、私たちは仕事を通して知ることができる。

そして私たちは仕事によって、さまざまなものを変えていく。ファッションもそのひとつだ。

その仕事にいちばん適して動きやすい服装や髪形を、自然と女は選びだしている。

「おぬし、できるな」

とすぐわかるプロの女というのは、全体的にそぎ落とされた感じだ。全体に小さく小さくまとめている。髪を常にかきあげているような女はまずいない。アマチュア度が強まれば強まるほど、過剰なものが生じてくるのである。

097

誇りは
無理やり持たなくてもいい。
そんなものは
後からついてくる。

仕事を好きになり、誇りを持つことがプロへの一歩だなどというキレイゴトを言うつもりはない。私はたまたま特殊な目立つ職業に就いたから、自意識過剰になり、自分を奮い立たせ、駆り立てなければならないことがあるが、普通のOLだったらこれはかなりの至難の業だ。

ただ、貰ったお金の分ぐらいはちゃんと働いてみせる。この場所で必要な人間になってみせる、という意地は持って欲しい。意地と強気というのは、プロフェッショナルの萌芽というものだ。

098

プロになるというのは、このうえなくポジティブに生きるということじゃないか。

仕事について、生きるということについて、さまざまな意見があるだろう。一日八時間の勤務時間を、お金を貰うためだけと割り切って、できるだけ省力化するのもひとつの考え方であろう。

しかし、その八時間を自分のために使おうとする考え方もある。会社のためではなく、自分のためにだ。

人生は短い。不満たらたらの八時間でも八時間。それはあっという間に過ぎ去る。その八時間を有効に使い、プロになるための訓練と考える。もしそこまでしてやりたいと思う仕事でもないと考えたら、職を変える。職を変えるためには努力をする。

099

人間、どんな
肩書を使ったっていいんだ。
だけどその肩書のために、
一生懸命仕事をしなくっちゃ。

ふさわしくなるよう努力
しない人間は、
いつまでたっても
肩書が宙ぶらりんのままだ。

100

口惜《くや》し涙というものは一人の時に流すもの

であるが、これができるようになったらしめたものだ。プロも中級の域に入る。

途中で投げ出したりしたら、この充実感は得られない。とにかく頑張りとおして成功させてみせる。あるいは、失敗して泣く。甘ったれた涙が、やがて口惜し涙となっていく。

口惜し涙を流したことが、後で嬉しい思い出になるというのはプロの醍醐味である。全くプロは楽しい、面白い。

101

とにかく「ヒイキ」は、仕事上許される大きなわがままなのである。

男性の上司が、綺麗な女子社員に目をかけたりすると、すぐにデキているとか、不倫だとかいわれる。しかし、年増の女は、どんなにエコヒイキをしても、それほど邪推されることはない。私も露骨にエコヒイキをしてわかったのであるが、これって本当に楽しいのである。自分の持っているエゴイズムが、別のカタチに姿をかえて、わかりやすくなるといったらいいだろうか。

102

OLに一流、二流、三流はない。志の高さと低さがあるだけよ。

第7章

食べることについて

103

おいしければ
それでいいではないか。

プロの世界に踏み入って、シェフの名を親しげに呼んだり、味つけを論評したりするのは、なんか違うような気がする。

某有名割烹《かっぽう》料理の店へ行き、カウンターに座った。先客がいて、いちいちメモを取りながら食べている。私はてっきり修業中の業界の人だと思ったのであるが、板前さんの話によると、ふつうの人だそうだ。

これも有名な和食屋のご主人の話であるが、この頃お客さんが料理をいちいちデジタルカメラ、もしくはケイタイのカメラで撮るので本当に嫌なんだそうだ。

104

キャビアって、だけど、本当においしいものなのかなあ。

確かにそうなのだ。トリュフを食べた時もそう感じたのである。キャビアやトリュフという名に、私たちはまず眩惑《げんわく》される。名前に負けてしまう。それを食しているという歓びで、味のことなどどうでもよくなってくるのだ。

例のことも同じ。「男性、車、食事、シャネル」というこの四つのポイントだけで、内容をよく吟味していない。本当の恋人と出かけ、お食事の後に胸騒ぐようなことがなければ、真の贅沢とはいえないのではなかろうか。

105

夫婦でフグを食べるもんじゃない。

フグを食べる時、私はいつも緊張している。みんなで食べる大皿の端を少しずつ壊しながら、自分の量を目算《もくさん》でとっていく。人間の品位が問われる行為だ。すごく気を遣う。けれども夫とふたりきりだと、この緊張感がまるでなくなる。夫の皿のものにもすぐ箸をのばす。だらだらとひれ酒を飲み、リラックスして膝を伸ばす。するとフグがあまりおいしくなくなってきたのだ。

106

人というのは
自分のために用意された、
銘々皿に盛られた
生菓子は
たいてい食べる。

よっぽどの辛党でない限り、みんな喜んで食べる。

クッキーやチョコレート、焼き菓子といったものをよくいただく。いつもこういうものをお客さまにお出ししていたのであるが、みんな手を出さない。

「甘いものって、今どきの人にはあんまり好かれないのかも」

と思っていたのであるが、そんなことはなかった。いわゆる〝乾きもの〟には手が伸びないが、〝なま物〟はみんなおいしそうに食べる。

107

おいしいものをおいしい場所でいただくには、それなりのＴＰＯというものがあるはずだ。

友人の痛風男が、料理を運んでくれた仲居さんを呼びとめた。

「ねえ、ねえ、ワインはこれしかないの」

「生憎《あいにく》とそれだけなんですよ。こちらでつくってるワインで、おいしいと思いますけどねえ」

「うん」「うん」

彼は、その手の人間が、こういう場合必ずするような眉のくもらせ方をする。

「あのね、温泉に来てるんだから、ワインをうるさく言う人もいないと思うけれど、もうちょっとワインに気をつかってほしいな。せっかくこれだけの豊後牛があるんだから、シャトー・〇〇〇の赤の軽いのを置いとくとか、それがダメなら、せめてブルゴーニュのなんとかかんとか……」

私、こういうの大嫌い。

はずしてしまうのも失礼、そうかといってやたらドレスアップしてしまうのも失礼というものではないだろうか。

108

「色気より食い気」とはよく言ったもので、異性への興味、関心が日ごと薄れるにつれ、食への執着は増すばかりだ。

どこそこの店がおいしい、と聞けば、すぐにでも出かけてみる。予約が取れなければ、根気強く電話をかけ続ける。

評判のおいしい店、あるいは馴染《なじ》みの店で、友人とテーブルを囲み、あれこれ喋りながら食べる楽しさというのは、ちょっと他に比べるものがない。恋人でもいたら違うかもしれないが、私はそれ、男の人にまるっきり興味もなければ、向こうからも来ないゆえ、とにかくおいしいものが第一なのだ。

109

私はワインについて
ほとんど知識がないが、
めったに飲めない
高いものは
ちゃんといただくという
ポリシーである。

第8章

オシャレについて

110

「あかぬける」って、耐えることだ。

私はオーソドックスなパンプスを棚の奥に匿《しま》い、グッチやプラダといった最先端の靴を買いに行った。が、四角い爪先のこれらの靴の痛いことといったらない。

「みんな我慢して履いてるんですから、頑張ってくださいよ」と店員さんに励まされた。そうか、「あかぬける」って、耐えることだったのか。

そして、食べずに痩せることがまず一番に挙げられるのは当然である。

111

「掘出し品」私はこの言葉に異常に弱い。

流行ものにも弱いが、掘出し品という言葉にはかなわないだろう。

ちょっと人よりも得をしたいし人に自慢したい、という思いが二乗となって、私を掘出し品へと向かわせるのである。

112

年増の女はとにかく
メンテナンスに
時間がかかるのである。

読まなければならない資料、読みたい本が山のようにあるのだが、とにかく時間がない。

どうしてこんなに時間がないのだろうと考えたら、不意に思いあたった。

とにかくメンテナンスに時間がかかるのだ。エステティック・サロンへ行けば少なくとも一時間半はかかる。全身マッサージもまた最近始めた。何かあれば美容院へ行きマニキュアをしてもらう。この所要時間たるや週にならしたら膨大なものになるはずだ。向上のためではない。とにかく〝現状維持〟のために貴重な時間が消えていく。

113

女のレベルを維持（上昇）させることぐらいむずかしいことがあろうか。

私は今までダイエットに関し、絶対的な自信を持っていた。その気になりさえすれば、八キロや十キロすぐに痩せられる、という実績が私を過食へ走らせていた。

ところがどうだろう、夏が近づき、そろそろ恒例のダイエットを始めようとしたのであるが、まるっきり効果があがらないのだ。

こういう日常で、どうやってダイエットをすればいいのだ、などと言っていると、また誰かに「居直りはいけない」とか言われるんでしょう。

114

焼くは
いっときの快楽、
シミは
永遠の苦渋。

なにしろ色白、肌ぽっちゃりというのは、数少なくなった私の美点である。年をとるにつれて、胸なんかもだんだん小さくなってきた。若い頃の私ときたら……失礼、こんなこと誰も想像したくありませんよね。

とにかく肌を守るために、週に一回高いお金をかけてエステティック・サロンにも出かけているのだ。少々過保護にしてしまったせいか、私の肌は陽ざしに異常に弱い。

115

女の小ジワというのは、男のハゲに近い。

年齢だとか貫禄だなどとおだてる人もいるし、本人も、

「いやあ、この頃ますますひどくなっちゃってぇ」

などと闊達《かったつ》を装うが、そのくせいじいじと気にしている。

男性が朝晩、養毛剤とブラシで頭をたたくように、女も目尻にクリームをなすりつける……。

116

おしゃれというのは、〝つけ焼刃〟がきかない。

今日はホテルオークラでお食事。私にしてはいちばん金目、かつ正統派のものを身につけた。スーツは下ろしたて。新品の麻の気持ちよさといったらたまりませんわ。

気取ってロビーを横切ったら、女の人に声をかけられた。

「あの、しつけ糸がついたままですけど……」

117

買物が早い女というのは、決断力があり、好悪の感情がはっきりしている人だ。

そりゃあ、お金があるから、という人がいるが、金持ちの女でも買物の遅い女は多いものだ。こういう女とはあまり仲よくなれた例《ため》しがない。

買物が早い女というのは、自分にどんなものが似合い、どんなものが似合わないかということを熟知している。もちろん自分で稼いでいる、ということは最低条件になる。

118

ひとりの時も美しく

これができる人というのは、やはり生まれ育ちもよく、しかも、自分を律することができる人ではないだろうか。

ある有名な陶芸作家の方のところへ遊びに行ったのだが、そこでその方が着ていらした作務衣《さむえ》が素晴らしかった。目にしみるような藍《あい》で、上着の方は、井桁《いげた》のカスリがとんでいる。動きやすそうで、しかも清浄な気品にあふれていた。

119

老いというのは
下りの斜めのラインではなく、
階段状になっているものなのだ。

白髪もシワも出来ない、私って結構このままでいけるかもとタカをくっていると、ある日鏡を見ると大きなたるみが発生している。ある日突然、という感じでガタガタと崩れる。

これを何とか押しとどめるために、年増女は切磋琢磨しているわけだ。

120

他人のバーゲンの成果を聞くのは本当に不愉快だ。

本書は、二〇一六年十月に「賢女の極意」として刊行された単行本を再編集して文庫化した作品です。

DTP制作　木村弥世

文春文庫

運命《うんめい》はこうして変《か》えなさい
賢女《けんじょ》の極意《ごくい》120

定価はカバーに表示してあります

2018年1月10日　第1刷

著　者　林《はやし》　真《ま》理《り》子《こ》

発行者　飯窪成幸
発行所　株式会社　文藝春秋

東京都千代田区紀尾井町 3-23　〒102-8008
TEL　03・3265・1211(代)
文藝春秋ホームページ　http://www.bunshun.co.jp

落丁、乱丁本は、お手数ですが小社製作部宛お送り下さい。送料小社負担でお取替致します。

印刷製本・凸版印刷
Printed in Japan
ISBN978-4-16-791000-6

（　）内は解説者。品切の節はご容赦下さい。

オーラの条件
林　真理子

旬のただ中に生きる人は、不思議な光線を発している……。ITで財をなした青年や変わり者の政治家、「時代の寵児」を作り上げる世の中を鋭く見据える、シリーズ第十九弾。

は-3-31

美貌と処世
林　真理子

「女は復活の時にその真価を試される」。不倫で世間を騒がせた女性議員、暴露本をだすかつての人気女優。欲望全開の女たちが活躍する現代をまるごと味わいながら疾走する人気エッセイ。

は-3-36

最初のオトコはたたき台
林　真理子

女の幸せの王道に異変あり!?　次世代のスター女優は皆、子どもを産み離婚している……人はどこに向かうのか。仕事も食欲も付き合いも遊びも相変わらず全開の人気エッセイ。

は-3-37

いいんだか悪いんだか
林　真理子

ついにブログを開設、イタリアオペラ旅行に歌舞伎町キャバクラ探訪。時代の空気を丸ごと味わいながら、仕事と遊びに引き続きフル稼働！　週刊文春の人気連載エッセイ、第23弾。

は-3-40

やんちゃな時代
林　真理子

海老蔵の挙式とあの事件、コロコロ変わる首相、人気女優が選んだ再婚相手の妖しさ。男たちの激しい毀誉褒貶を尻目に、パワフルに遊び働くマリコの大人気日常エッセイ第24弾！

は-3-41

銀座ママの心得
林　真理子

大震災被災地の光景に涙してばかりはいられない！　東北の未来作りに奔走する仲間に触発され、超オリジナル支援策「銀座のママプロジェクト」を立ち上げる！　人気連載、激動の一年。

は-3-43

来世は女優
林　真理子

文士劇出演のため声楽レッスンを再開、写真集撮影にドバイへ旅行。熱い女優魂が燃え上がる一方、作家の視線で鋭く見つめる「高貴なあの方の結婚生活」。人気エッセイ第26弾。

は-3-48